KB164871

등이 가렵다

Over a Wall
Poetry
33

등이 가렵다

강돈희 시집 **11**

담장너머

삶을 살아가는 힘!

2021년, 한가위도 지난 가을 한복판!

코로나19로 더욱 어려운 시기가 이어지고 있습니다. 이런 수상한 시절 속에서 염치 불구하고 열한 번째 시집을 발간합니다.

늦더라고 안 하는 것보다는 하는 게 낫다는 말이 저에게 큰 힘이 됩니다. 글쓰기에 매진하지도 못하면서 시는 꾸준히 지어내고 있으니 그나마 지금 같은 시기에 조금은 위안을 줍니다.

이런 와중에 시를 짓고, 시집을 엮는 일은 자꾸만 작아지는 자신을 다독이며, 주눅 들지 않고 살아갈 수 있는 힘을 기르는 일이라 생각합니다.

제 시가 저에게 기쁨과 위안을 주었던 것처럼, 그렇게 많은 분들에게 위안과 즐거움이 되었으면 하는 작은 바람을 가져봅니다.

더욱 노력하는 시인이 되겠다는 약속만이 제가 할 수 있는 유일한 저의 인사입니다.

모쪼록 아무 탈없이 모두 늘 건강하시기만을 빕니다. 제 시가, 시집이 별 거 아니더라도 너그럽게 용서해 주십시요. 앞으로 더 나가기 위한, 더 큰 지평을 열기 위한 디딤돌이 되어 줄 것이니 큰 걱정 안하고 기쁘게 받아들입니다.

　지금까지 그리고 앞으로도 저와 제 시와 제 시집에 관심 가져 주시고 아껴주실 모든 분들께 마음으로 머리 숙여 깊이 감사드립니다!

　고맙습니다!

2021. 10.
코로나가 극성 중인 개천절 아침에 小小齋에서….
강돈희

차례

차례

가려운 등이 있는 것도

그 등을 긁어주는 손이 있는 것도

마음 놓고 맡길 수 있는 그이가 있는 것도

1부

등이 가렵다

새 삶

인생은 한 편의 연극이라지
나는 그 속의 주인공

비록 배우는 아니지만
나는 내 인생의 멋진 연기자

주연상 받을 만큼 훌륭하진 못해도
엑스트라 같은 잡역은 아니지

가수가 아니어도 즐겨 노래 부르듯
배우가 아니어도 훌륭한 삶을 연기하지

죽었다 되살아나는 배우들처럼
언제나 하루하루 거듭나는 새 삶을 살고 있지

부 등이 가렵다
등이 가렵다

따스한 마음

그 옛날
나를 생각하며
누군가가 떠준 스웨터
한겨울 추위를 막아주었지

긴 세월 흘러
오늘 아련히 생각나네
스웨터를 떠주던 그 사람은
아직도 그 마음 간직하고 있을까

지금 이 순간에도 누군가
사랑하는 이를 위해
두 손과 뜨거운 마음으로
정성과 사랑을 담아 뜨는 고마운 옷 있다

세상이 아름다운 또 하나의 이유다

알부자

광산에서 두 시간 동안 금 캤다
캐낸 금이 무려 일곱 돈
시간이 부족해서 더 많은 금 캐지 못했다

한 덩이 한 덩어리
금덩이 찾아 캘 때마다
나는 더욱 더 부자가 되어 갔다

내가 얼마나 부자인지 남들은 모른다
이렇게 짧은 시간 이렇게 많은 금을 캤다는 걸
사람들은 눈치도 채지 못한다

그게 나를 더 큰 알부자로 만들어 준다
오늘 캔 금은 아무도 모르는 오직 나만의 재산이므로
필요할 때마다 꺼내서 소중하게 잘 쓸 것이다

타짜

마누라가 애지중지하는
우리집 보석함에는

·

·

·

보물 대신
화투가 고이 모셔져 있다

낭만에 대하여

잔잔히 보슬비가 내리면
우산 같이 쓰고 싶은 여자 있다

부슬부슬 내리는 빗속을
한 우산으로 곧추 받으며 걷고 싶다

한 번도 해본 적 없는 일
이제라도 꼭 한 번 해보고 싶다

비가 억수로 쏟아진다면 더 좋으리
우산 속에서 둘 사이 더 가까워질테니

결국 우산은 쓰나마나겠지만
그것도 하나의 기쁨이리

머리만 겨우 젖음을 면한 채
온몸이 비에 젖을 테지

그래도 흐뭇할 거야
비에 흠뻑 젖을수록 더 기쁘겠지

얼마쯤은 그대로 계속 걸었으면 좋겠어
옷이 젖을수록 더 바짝 다가서겠지

그 비로 감기 걸려 콜록콜록 기침해대도
아무런 후회도 없을 거야

두고두고 기억하며 혼자 웃겠지
즐거운 추억이었다며 지그시 미소 지을 거야

) 부 등이 가렵다
) 등이 가렵다

등이 가렵다

등이 가렵다
아무 말 없이 돌아앉았다
그이가 손을 넣어 박박 내 등을 긁는다
시원하다
고맙고 감사하다

가려운 등이 있는 것도
그 등을 긁어주는 손이 있는 것도
마음 놓고 맡길 수 있는 그이가 있는 것도
고맙고 감사하다
갑자기 눈이 시큰거린다

엘리제를 위하여

아무리 좋은 음악도
계속 들으면 재미없다

지게차 후진하며 들려오는
저 멋진 음악이 공해다

아무리 좋은 소리도
자꾸 들으면 실증난다

덤프차 후진하며 내는
저 경고 소리가 짜증스럽다

아무리 익숙한 노래도
마냥 들려오면 지겹다

이웃집에서 울려대는
노랫가락 귀가 난감하다

부 등이 가렵다
등이 가렵다

봄

손이 간지럽다
무언가를 뽑아야 한다
이가 간지러워 이빨을 가는 토끼처럼
손을 그냥 두면 덧이 날 것 같다

손이 간지러운 계절이다
마음도 덩달아 간지럼 증 생긴다
풀어진 땅을 헤집고 올라오는 파란 새싹처럼
경칩 지나 봄비 내리자 내 마음 한층 더 푸르러졌다

바야흐로 봄이다
냉이 달래 씀바귀와 친해지는 계절
봄바람 한번 제대로 나봤으면 소원이 없겠다
정말 그랬으면 좋겠다

방귀

북북 북
자꾸 나오는 방귀

나이 먹으니
방귀가 점점 늘어난다

시도 때도 없이
민망할 정도로 터진다

때로는 따발총처럼
어떤 때는 자주포처럼

단발로 그치지 않고
연속으로 소리도 우렁차다

오늘도 어김없이
앉으나 서나 걸어가면서도

리듬을 타고 음악처럼
아무 냄새도 없는 건강한 내 방귀

부 등이 가렵다
등이 가렵다

공친 세월

자주 만나면 가까워지고 편해진다
멀어지는 방법은 간단해서
그 반대로만 하면 된다

자주 봐도 가까워지지 않는 것은
마음을 열지 않기 때문이다
언제나 그렇고 그런 사이로 머문다

아무리 긴 시간이 흘러도
수많은 세월 함께 보내고 나누었어도
일정한 간격 유지하는 사람 있게 마련이다

처음 만났을 때의 서먹함과 어색함만 없을 뿐
조금도 변한 것은 없는 관계와 사이
세월을 공친 것이다 허송세월 보낸 것이다

쓴 소리

이 봄에 때 아닌 함박눈
찬바람에 실려 어지럽게 흩날리네
귓속으로 눈 속으로
돌린 고개 벌어진 옷깃 사이로

낮게 낮게 깔려서 맵차게 날아서 오네
굵은 눈송이 잘게 부서져
움츠린 어깨 위에도 소복소복 쌓여
아직도 겨울이라 쓴 소리 하네

녹두에게 배우는 삶

녹두의 자폭은 처절하다
완전히 반으로 갈라져 터져버린다
알맹이들은 전부 어디론가 튀어 달아나고
달랑 남은 건 빈 꼬투리뿐이다

때가 무르익어 까맣게 잘 여문 녹두는
주인의 손길을 기다리지 않고
스스로 폭발하는 모험을 감행한다
그것이 녹두가 세상을 살아가는 방식이다

녹두는 후회할 줄 모른다 결코 후회하지 않는다
자신의 선택이 옳았음을 철석같이 믿기에
그런 도전과 모험을 할 수 있는 것이다
나에게도 저런 정신이 필요하다

깨끗하고 분명한 녹두의 결기를
뜨거운 폭염으로 온 지구가 들끓고 있는
이 복지경 한복판에서 배우고 있다
오래 사는 것만이 장땡이 아님을 깨닫는다

등이 가렵다

때가 되면 어떻게 해야 하는지를
세상없어도 내 갈 길은 내 스스로 가야한다는 것을
저 작고 작은 녹두에게서 배우고 깨우친다
남자로 태어나서 이 한 세상 어떻게 살아야 하는지를

오래된

"오래된"이란 말은
"새"라는 말보다 더 정겹고
더 마음이 간다

오래된 집과 나무
오래된 친구와 아내
오래된 자동차와 만년필

새 것도 좋지만
오래된 것 앞에선 고개 숙여진다
역사란 그런 것이 아닌가

온고지신(溫故知新) 법고창신(法古創新)
옛 것과 오래된 것을 멀리하지 않고
더욱 아끼고 배울 수 있기를

오래된 친구와 술이 있어
인생은 그 깊이와 풍미를 더한다
오래된 자동차는 죽마고우와 같은 존재다

부 등이 가렵다
등이 가렵다

진실 아니면 사실

고양이 있는 집엔 귀뚜라미가 없다
고양이 등살에 견디지 못 한다

보이는 족족 건드려 작살을 낼 테니까
살아남는 놈 하나도 없을 테니까

지난 가을 귀뚜리 소리 듣지 못했다
그 이유를 우수 가까워진 초봄에야 깨달았다

고양이 거두는 일도 다시 생각해봐야겠다
부작용치고는 대가가 너무 크다

귀뚜라미 소리 없는 가을은 가을이 아니다
귀뚜라미 울어야 진짜 가을이다

사랑 키우기

화분 키우듯
사랑 키우고 있다

정성껏 물주며 가꾸듯
조심스레 살살 가꾸고 있다

마음으로 소중한 골동품 다루듯
어루만지고 보듬고 있다

행여 깨질까 조바심 속에
살얼음 걷듯이 늘 노심초사하고 있다

혹시라도 꺼질까 근심하면서
작은 불씨 다루듯 애태우며 전전긍긍하고 있다

입춘

지금 저 깊은 땅 속에선
기지개 펴는 소리 요란 하겠다
부지런한 나무들 몸 푸는 소리 가만히 들려온다

응달에 있던 묵은 얼음까지 녹는 시절
겨울은 가지 말라고 붙잡아도 기어코 갈 것이고
봄은 오지 말라 애원해도 반드시 올 것이다

갈수록 뜨거워지는 태양이
저 하늘 꼭대기서 혼자 지그시 웃고 있다
입춘대길 못난 글씨라도 하나 어디서 구해봐야겠다

봄이 오다 돌부리에 걸려
행여 넘어지지 않았으면 좋겠다
아무 사고없이 무사히 도착하길 바란다

거품

많은 게 좋은 건지 없는 게 좋은 건지
거품 끼었다는 말은 부정적인 말
거품 잘 인다는 말은 긍정적인 말 같은데

인생을 물 위의 거품이라 말하기도 하는 걸 보면
부정적으로 쓰이는 경우가 더 많고 그런 뜻인 것 같다
거품은 언젠가는 꺼지게 마련이니까

설거지나 머리 감을 땐 거품 잘 일어야 좋지만
허풍이나 허세 허영 졸부 같은 것들은 다 거품의 대명사
거품 많이 끼어 좋을 것 없는 것들이다

일었다가 끼었다가 결국엔 사라지고 마는 것
물 위의 거품처럼 그렇게 꺼지는 인생이어선 안된다
물거품 같은 그런 삶 살아선 안된다

멋진 친구

장기근속 기념 해외여행도
마다한 공무원 내 친구
멋있다 대단하다

바보 같은 것이 아니라
감히 누구도 못하는
큰 결정과 선택을 한 것이다

멋진 녀석
넌
내 친구 될 자격 있다

태산 같은 걱정

어려운 시 붙잡고 씨름한다
담긴 뜻이 무엇인지 알기 위해
열심히 분해하고 분석하고 뜯어 헤친다

무슨 말을 써놓은 것일까
말귀조차 못 알아들으니 뜻은 말해 뭣하랴
좋은 시라 여겨 붙잡았다가 낭패만 본다

시를 따라가지 못하는 내 능력과 수준
난감하기 이를 데 없다
시 하나 제대로 못 읽으면서 시는 대체 어찌 쓴담

부 등이 가렵다
등이 가렵다

뻥과 시인

시인들은 뻥쟁이가 많다
뻥을 잘 치거나 칠 줄 알아야
좋은 시인인가 보다

과장을 넘어 엄살도 아닌 것을
너무 부풀려 이야기 한다
그것도 아주 감칠 맛나고 멋지게

나는 그걸 잘 못하는 편이니
좋은 시인도 아니고
그럴 가능성은 더욱 없을 것이다

뻥치기가 얼마나 어려운지
나는 왜 그게 안 될까
남들은 밥 먹듯이 잘도 하는 그 걸

체질

돈 버는 경제적 활동
아무 것도 안 한지 몇 년
시간 죽이는 게 일상이 되었다

밥 되는 일은 안하지만
자급자족 알량한 농사지으며
틈틈이 시도 지었다

사는 일은 그럭저럭 해결하고
옆으로 새는 일 경계하며
근신하듯이 지낸다

건달도 백수도 아닌
좋은 말로 한량쯤이나 될까
어정쩡한 그 말이 맘에 쏙 들었다

나에게는 딱 맞는 체질이다

시인 되기

시가 방바닥에서 굴러다닌다
여기저기 빈 종이마다
온통 시 투성이다

시가 방안에 널려 있다
늘어놓은 종이마다
시가 빼곡하다

머릿속에 시가 가득하다던
어느 노 시인의 말
지금 내 머리 속이 딱 그 꼴이다

시를 좋아하고 시와 놀다 보니
자연히 그렇게 되었다
시를 사랑하면 누구나 다 시인이 된다

차 댈 곳 없어 헤매 본 기억 있을 것이다

마음 댈 곳 없어 지금도 헤매고 있지 않은가

2부
쉼터

빛나는 그대에게

- 2021 포천향교 전통 성년식 축시

오늘
그대 빛나는 날
커다란 문 앞에 서 있네
어린 티를 벗고 드디어 성인이 되는 날

넓고 큰 세상 무대가 그대들 앞에 펼쳐져 있으니
이제 남은 건 오로지 그 무대를 끝없이 닦고 가꾸어 가는 것
수많은 고비가 그대들을 기다리고 있다네

무엇이 두려울 손가
그대 빛나는 젊음과 푸릇하고 팔팔한 생명이 있는데
넘어지고 다쳐 상처 입더라도 툴툴 털고 일어서면 그 뿐

세상은 한없이 넓고 할 일도 한없이 많은 법
내 뜻대로 되는 게 없어도 실망하거나 겁먹지 마라
세상은 원래 그런 것 그게 세상살이의 묘미란다

되지 않는 것을 되게 하고
어렵고 힘든 것을 이겨내고 성취하는 것
그것이 인생을 살맛나게 하는 즐거움이자 보람 아니겠나

세상은 나로 인해 빛나는 곳
내가 있어 세상이 더 아름다워지는 것
나 사는 동안 세상을 조금이라도 더 아름답게 만드는 것

그것이 세상을 사는 이유라면
그대 태어난 가치와 의미가 분명하고 충분하다
인생은 오직 단 한 번뿐인 무대라서 진정한 의미가 있는 것

부디 바라노니 남의 길을 따라가지 말고
그대만의 고유하고 색깔 있는 길을 만들어 가기를
그 길에서 오롯이 빛나는 찬란한 별이 되기를 진정으로 간구
하노라

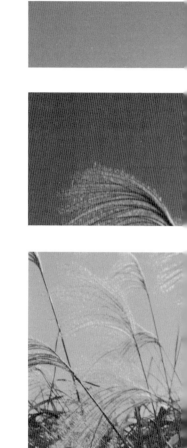

구두 소리

딱 딱 딱

30년 전 어느 뜨겁던 여름날
계단을 올라오며 울리던
어느 여인의 경쾌한 하이힐 소리

남자 구두와는 전혀 색다른
선명하면서도 강렬하게 울려오던
그 여자의 당당하고 힘차던 그 하이힐 소리

한 발 한 발 올라올 때마다 쿵 쿵
그 소리 들려오던 내내 내 가슴 뛰었었지
아직도 귓가에 남아 있는 그 뜨거운 발걸음 소리

남자 가슴 무참히 녹여내던
그 여자 그 구두 그 발걸음 소리
아직도 가슴에 고스란히 박혀 있는 그 구두 소리

무명시인

옷 하나 갖고 사는 단벌 신사

노래 하나 갖고 사는 단발 가수

유행어 하나 갖고 사는 한 말 개그맨

시 하나 갖고 사는 한 편 시인도 있겠지

그런 것조차 없는 나는 무명시인

삶

세월은 어쩔 수 없다
누구나 다 때가 되면 가는 것
그때까지 아름다운 생 가꾸어야 한다

하늘 우러러 부끄러운 삶이 아니라
자신에게 스스로 부끄럽지 않은 삶 살아야 한다
이 세상 왔다가는 보람과 기쁨 있어야 한다

물질을 쌓기 보다는 명예를 쌓는 게 더 낫고
명예를 쌓는 일보다 삶을 즐기는 일이 더 낫겠지만
무엇을 쌓았 건 어차피 인생은 빈손으로 가는 일일 뿐이다

그저 왔다 가는 것만으로도 충분한 삶이다

어떤 바보

에어컨 고장 난 찜통 버스를 타고 왔다
노원역에서 포천 여단 앞까지
짜증이 머리 꼭대기까지 뻗쳤지만 참고 왔다
내가 얼마나 바보였는지 생각할수록 속이 쓰리다

버스가 찜통인 것도 그렇지만
왜 왜 왜 내리지 않고 그걸 계속 타고 왔는지 그것이
그게 정말 나를 더 화나게 하는 진짜 이유다
내려서 다음 차타면 됐을 것을

정말 너무도 어처구니없는 뜨거운 여름날이었다
진짜 철저하게 바보가 된 멍청한 날
이 모든 건 다 그 지독하게 나쁜 더위 때문이 아니라
모자라도 한참 모자랐던 그 잘난 내 머리 탓이다

홀로서기

몰려다니지 않았고
휩쓸려 다니지도 않았다

악 쓸 일 없었다
목소리는 큰 편이었지만

떼니 패니 하는 것들과는
거리가 한참 멀었다

그 흔한 친목회도 없었다
혼자 있는 거 무척 좋아했다

그러나 결코 왕따는 아니었다

쉼터

댈 데가 그렇게 없어
댈 곳 마땅치 않을 때 많다

차 댈 곳 없어 헤매 본 기억 있을 것이다
마음 댈 곳 없어 지금도 헤매고 있지 않은가

댈 곳을 찾아 오늘도 헤매는 삶
안주하기가 이렇게 힘들다

한 곳에 정착하기가 하늘에 별 따기
몸은 세월따라 무작정 팍팍 늙어만 가는데

전부

어떻게 살 건 네 인생이지만
삶은 오직 한 번 뿐이야

시간은 소중한 거야
그렇게 시간을 보내선 안 돼

인생은 시간 속에 사는 거야
시간으로 이루어지는 거야

시간이 곧 네 인생이야
시간을 잘 써야 해

시간 속에서 진솔하게
진지하게 살아야 해

오직 그 하나가 전부야

명언

요 근래 읽은 글 중
가장 속 시원하고 마음에 와 닿는 글

"아무 데도 가지 않는 것이야 말로 바깥의 모든 장소를
이해할 수 있는 원대한 모험이다"
— 레너드 코언

나는 이런 명언에 훅 간다
순간 영혼이 크게 부풀어 오른다

초여름

송화 가루 날리는 살가운 계절
앞 산 뻐꾸기 구성지게 울고 있다

무엇이 그리워 저리 목놓아 우는가
봄은 가고 여름이 다가오는데

바람타고 흐르는 저 당당한 뻐꾹 소리
언제 들어도 새롭고 반갑네

한 소리 내는 저 뻐꾸기는 알고 있을까
세상이 어지러워 꼭지가 돌 것만 같은 내 맘을

입하가 지나도 계속 되는 처연한 날씨
밝은 햇살 가르며 뻐꾸기 소리는 낭랑하게 퍼지는데

노란 송화 가루는 오늘도 무심히
곱디고운 여운을 여기저기 섬섬히 흩뿌리고 있네

코로나 시대

날씨가 온전한 날이 없다
멀쩡하던 하늘이 갑자기 어두워지더니
엄청난 바람과 소나기를 미친듯이 퍼붓는다

어제와 그제 저녁나절 같은 시간
난리 아닌 난리가 한바탕 장난치듯 휩쓸고 지나갔다
오늘은 거짓말처럼 쥐 죽은 듯이 잠잠

하루도 조용히 넘어가는 날이 없어
마음도 편할 날이 없구나
모든 것이 지랄 같은 이 코로나 팬데믹 시대에

소름의 정체

불청객 모기 한 마리
아까부터 앵앵대며 돌아다닌다

잘 보이지도 않는데
소리는 선연하다

언제 어디를 공격해올지 몰라
조마조마하고 초조하다

은근히 짜증스럽고 긴장 된다
덤빌 것이면 빨리 덤비기나 하던지

날개 짓 소리가 점점 더 커진다
보이다가 사라지기를 반복하며 겁을 준다

저 놈이 스스로 사라질 리는 없다
내가 먼저 잡아야 한다

온 신경 바짝 곤두세우며 긴장하는데
발밑을 저공비행으로 날아온다

폭탄만 없을 뿐 영락없는 가미가제
검은 공포 그 자체다

까만 점 하나가 불쑥 솟아오른다
나는 손바닥을 힘껏 마주쳤다

딱! 마침내 녀석이 잡혔다
고맙게도 몸뚱이가 터지지도 않았다

모기치고는 제법 큰 놈이다
가만히 보고 있자니 정말 끔찍하다

불쑥 다시 떠오르는 생각
어휴 무서워! 부르르 나도 모르게 소름 끼친다

신기록

새 기록 썼다

한 잔에 만 원짜리
커피 마셨다

신기록 세웠다

언젠가 또 다른
신기록 세울 날 있을 것이다

징그러운 여름

숨 넘어 갈 판에
겨우 몇 개 떨어진 빗방울
죽지 말라고 숨만 붙여 놓는다

간당간당 아슬 아슬
입추가 내일인데
징글징글한 이 여름 갈 생각 않는다

긴 폭염 긴 가뭄 긴 한숨
인간들의 아우성이 산을 넘을 때
살아 숨 쉬는 모든 생명들 애가 녹는다

세상이 모두 다 타죽을 판이다

광복절 영화

2018. 8. 15 제73주년 광복절
저녁 무렵 마트에 갔다
이것저것 고르다 맥주 생각났다
수입맥주 중에서 기린맥주가 맛있다고 해
집어 들었다가 다시 놨다
오늘이 광복절이란 생각이 불쑥 든 까닭이다

저녁 먹고 TV 틀었더니
한 채널에선 한 마을을 구하는 서부영화
다른 채널에선 한 나라를 구하는 대형 전쟁영화
둘 다 정의를 구현하는 영화지만
규모가 더 큰 역사 속의 전쟁영화를 골라 감상했다
일본 해군이 침몰하는 미드웨이란 영화였다

신비

어린 고양이가 새끼를 가졌다

배가 밑으로만 쳐지는 게 아니라
옆으로도 퍼지고 있다

젖꼭지가 붉어지며 커지고 있고
자꾸 칭얼대는 것이 입덧을 하나 보다

식욕이 늘지는 않은 것 같은데
수시로 보채고 어른다

녀석을 가만히 보고 있으면
측은하기도 하고 기특하기도 하다

어미 고양이는 이제 할미 고양이가 될 것이고
저 어린 것은 곧 어미가 될 터이다

준엄한 우주의 법칙이 저 미물에게도
엄밀하게 작용하고 있는 것이다

살아 있는 것의 애틋함이
이 새봄에 더욱 짙어지고 있다

머지않아 거룩한 새 생명이 태어날 것이다

다행이다

다행이다
막걸리가 있고
고마운 친구가 있어
정말 다행이다

다행이다
좋은 시가 있고
싱그러운 새봄이 있어
정말 다행이다

다행이다
즐거운 휴일이 있고
건강한 몸과 마음이 있어
정말 다행이다

무명초

손톱 발톱을 깎는다
머리털처럼 저것들도 무명초인가

참으로 자라길 바라는 마음은 자라질 않는데
얄한 것들은 참 부지런히 잘도 자란다

정작 바라는 건 도통 자라지 않고
청개구리가 너무 많다

법고 소리

둥 둥 둥 둥
법고 소리만 들으면

쿵쿵 가슴이 뛴다
뛰다가 이내 가라앉는다

뭉클해진 마음
한 곳으로 모인다

크지도 않으면서
사람 마음 잡아끄는

시방세계 깨우는
신비한 마력의 북소리

아기 구슬

밭에서 예쁜 구슬 하나 주웠다
어릴 때 다마*라고 했던
작고 동그란 유리구슬
아스라이 옛 시절로 돌아간다

얼마나 많은 시간 함께 했던가
가슴에 가득 쌓여있는 아련한 추억
딱지와 더불어 가장 친숙했던
내 어릴 때의 소꿉동무

맑고 투명하여 깨끗한 속
고스란히 보여주는 유리구슬
오랜 세월 땅속에서 단잠 잔
예쁘고 깜찍한 잠꾸러기 아기 구슬

* 다마 :구슬의 일본말

상념

모임에 다녀오던 밤길
앞에 가던 차 모텔로 빠진다

한 번도 못해 본 저 짓
부럽기도 하고 슬쩍 샘도 나고

부질없고 엉뚱한 욕심 하나가
갑자기 꿈틀꿈틀 춤춘다

이제와 새삼 이 나이에
무엇을 더 바라고 기대하겠는가

괜시리* 그려보는 실없는 상념이
가는 세월 되돌아보게 한다

* 괜시리 : 괜스레의 비표준어

벅찬 감동

태극기 없어도
국기에 대한 경례를 한다

태극기는 언제나
우리들 가슴 속에 있는 것

보이지 않는 태극기를 향하여
국기에 대한 경례!

해보지 않은 사람은 모른다
그 순간이 얼마나 거룩한지를

온몸을 휘감는 감동에
힘차게 뛰는 심장소리 들려왔다

결코 잊을 수 없는
벅찬 감격이 한바탕 휩쓸고 지나갔다

식장에 태극기 없다고
국기에 대한 경례를 빼먹어선 안 된다

태극기는 언제나 영원히
우리들 가슴 속에 휘날리고 있다

노장과 햇병아리가 한 공간에 있다

서로의 존재를 고마워하면서

3부
공존

어떤 성자(聖者)

세상엔
착한 사람도 참 많습니다

자기는 며칠을 굶었으면서
몇 끼를 배불리 먹을 수 있는 돈을
자기보다 더 불쌍한 사람에게 전부 주는
거룩한 성자 같은 사람도 있더군요
그것도 나이 한참 어린 꼬마가

그런 꼬마만도 못한 나
언제 철들까

먼지 속에서

먼지 많은 집에 살면 기침도 많이 난단다
먼지 없는 집이 어디 있겠는가마는
먼지도 다스리기 나름일 것이니
청소도 더 부지런히 하고
집 안팎 관리에도 더 신경 써야 한다

미세먼지나 황사 프레온가스 이산화탄소 등등
각종 공해에도 더욱 관심 갖고
주변의 생활환경에도 더 큰 주의 필요하다

온갖 먼지 만들고 각종 공해에 시달리는 현대인
어차피 먼지 속에 사는 게 인생 아닌가
미세먼지도 하나의 축복이련가

숨 끊어지고 나면
그 먼지조차 마시고 싶어도 못 마신다

등급

옷에도 등급 있다

값에 따른 분류이기도 하고
의미에 따른 구분이기도 하고
사람에 대한 구별일 수도 있지만
일의 성격에 따른 분류일 때가 많다

큰 행사 때는 가장 좋은 옷 챙겨 입고
예쁜 여인들 만날 땐 단정한 옷 차려 입고
친구들 만날 땐 편한 옷 스스럼없이 골라 입고
그렇고 그런 모임엔 적당히 무난한 옷 가려 입고
몸으로 때우는 일에는 작업복 편하게 입는다

오늘은 단정히 옷 차려 입고 나가야겠다
예쁜 그대 만나는 좋은 날이니까

어떤 죄

돈이 많아 죄가 되는 세상이다
돈이 없어 죄가 되던 시절이 어제 같은데

지금은 돈이 너무 많아서 문제가 된다
돈 없으면 생기지 않을 일들이 버젓이 생긴다

그저 부자만 되면 다 행복한 줄 알지만
부자가 되었다고 언제나 행복만 따르는 건 아니다

진정한 부자는 마음 편한 사람이다
스스로 만족하며 삶을 즐기는 사람이다

청국장

그 냄새 역겹다
맡기에 고약스럽다

그래도 끌리는 맛이 있다
끌어 댕기는 묘한 매력 있다

어릴 때는 그 냄새 정말 싫어했다
세상에 뭐 저런 음식이 다 있나 싶었다

그러나 세월이 흘러 나이가 들자
그 담백한 맛에 조금씩 눈뜨기 시작했다

이젠 불쑥불쑥 그리워지기도 한다
먹은 지 한참 지나면 문득 저절로 생각난다

여전히 그 냄새는 가까이 할 수 없지만
맡기에 고역만은 아니다

척 맡으면 단번에 잡아 댕기는
고유의 독특한 그 향취

청국장만의 끈끈한 향기다

엄마 생각

불쑥 엄마가 보고 싶은 그런 날 있다
어제가 그랬다
아무런 이유도 없었던 건 아닐 것이다
뭔가 까닭이 있었을 테지

평소 엄마 보다는 아버지가 더 그리웠다
아버지와 더 오랜 세월 살았으니까
더 많은 것을 나누었으니까
아버지의 사랑을 더 오래 더 많이 받았으니까

그래도 엄마가 보고 싶은 날 있다
오늘은 유난히, 유난히 더 엄마가 그립다
이렇게 글을 쓰는 재주도 엄마가 주신 것이다
생각만 하지 말고 내일은 꼭 엄마한테 가봐야겠다

인생

맹탕 철없이 살다가 그냥 철없이 가는 것

철들었을 땐 이미 모든 게 다 끝난 것

마침내 죽음으로 완성 되는 것

그러므로, 미완성으로 끝나는 인생은 없는 법

명품

갑자기 멋쟁이가 되었다
뒤늦게 눈 뜬 멋
새로운 맛을 알았다

명품으로 도배를 해도
사람 자신이 명품이 아니라면
이 또한 문제 아닌가

시를 아무리 잘 써도
반드시 교정이 필요하듯이
사람도 교정이 필요하다

아무리 옷이 날개라지만
멋진 옷이 사람을
명품으로 만들지는 못 한다

사람 스스로 명품 될 일이다
옷보다 나은 사람
사람다운 사람 될 일이다

선진국

2017년 동방예의지국
선비 나라 대한민국
성인의 40%가 1년 동안
책을 단 한 권도 읽지 않았단다

1년 365일 동안
한 권의 책도 안 읽으면서
한 권의 책도 사보지 않으면서
시 한 줄 읽지 않으면서

해외여행 가는 일엔 무엇보다 열심이다
2018년 해외여행객이
3,000만 명을 넘을 거란 예상
5,600만 명 대한민국 국민 중에서 반이 넘는다

이거야말로 눈부신 선진국 아닌가

수상한 시절

4월도 하순인데 아직도
꽃샘추위는 물러가지 않고

여전히 보일러는 쌩쌩 돌아가고
난로도 제자리 굳건히 지키고

그래도 꽃망울은 열리고
새싹들도 파릇파릇 돋아나고

가기 싫어도 겨울은 가야 하고
오기 싫어도 봄은 와야 하고

기다리는 그 무엇과 바라고 있는 그 무엇들이
서로 교차하며 부딪치는 시절

겨울과 봄의 어정쩡한 중간지점
그곳에서 방황하고 있는 나

공존

내 차는 19살 먹은 노익장
내 집은 백일도 안 된 햇병아리

노장과 햇병아리가 한 공간에 있다
서로의 존재를 고마워하면서

서로 말이 통하지는 않아도
뭔가 한 식구로서 통하는 게 있을 것이다

은은한 눈빛으로 마주하고 웃으면서
백년해로 하자고 다짐하고 있다

새날

꼭 오백 원짜리 동전을 빼닮은
크고 붉은 아침 해가 봉긋
수원산 위로 얼굴 내밀며 헤벌쭉 웃는다

또 다른 하루의 고마운 시작
매일 아침만 되면
또 다른 하루의 시작이라 말하지만

언제나 그날이 그날
똑같이 거듭되는 일상의 반복
하루하루가 같은 날들의 되풀이다

그렇게 세월이 흘러
나이를 먹고 인생이 꿈같이 간다
피었다 사라지는 뜬 구름처럼 흩어진다

잠시도 멈추지도 쉬지도 않으면서
오직 앞만 보고 꾸준히
성큼성큼 제 갈 길을 갈 뿐이다

시작과 끝은 언제나 함께 있는 것
세월은 끝이 없어 다행이고
인생은 끝이 있어서 다행이고 큰 축복이다

피 꽃

피에서도 꽃이 핀다
피에서 피는 꽃은
더욱 선명하고 더 시리다

토시 끼고 밤 땄다
어쩌다 큰 밤송이 하나
왼손 팔뚝에 정통으로 떨어졌다

비명 지를 새도 없이
가시들이 사정없이 박혔다
참으로 무참했다

금세 선연한 피 꽃이 피어
눈앞에 가득 올라왔다
토시에 배며 번졌다

아름답게 붉은 피 꽃이다

그때 처음 보았다
선연하게 아름다운 피 꽃을
송글 송글 붉게 피어오르던 피 꽃 송이들을

송이송이 붉어서 더욱 아름다웠다
아픈 것도 잊을 만큼 때깔이 너무도 예쁘고 고왔다
꿈에도 보일 만큼 붉은 색 아프게 우러났다

재주

시를 쉽게 쓰는 것도
재주라면 재주지

시를 한 방에 뽑아내는 것도
능력이라면 능력이지

글을 재미있게 쓰는 것도
복이라면 복이지

글을 많이 지어내는 것도
기쁨이라면 기쁨이지

글을 아끼고 사랑하는 것도
덕이라면 덕이지

괜찮은 시 한 수 건진 것도
재산이라면 재산이지

명문장 하나 뽑고 싶은 건
욕심도 큰 욕심이지

3부 곳곳
등이 가렵다

어떤 재미

그래도 지금껏 나름

세상사는 재미도 있었을 것이다

그 아찔함도 짜릿한 성취감도 맛보았을 것이다

세상이 무섭지 않고 다 내 것 같았을 때도 있었을 것이다

그런 재미가 있어 행복하다 여기며 즐거웠을 것이다

부끄러움 같은 건 몰라 하늘을 우러를 일도 없었을 것이다

그저 자기 잘난 그 짭짤하고 고소한 맛에 살았을 것이다

me too

나도 전과 있다

드러나지 않은 수많은 죄

부끄러운 1급 죄수다

알고 보면

3부 공존
등이 가렵다

반려

우리 집엔 내 눈치만 보며
사는 생명 여럿 있다

내 손에 딸린 생명들
나는 그들에게 무심할 수 없다

인정이 많아서라기보다는
어쩔 수 없는 사람의 도리 같은 것

무럭무럭 자라나 어느새 다 커버린 녀석들
여전히 내 눈치만 보며 즐겁게 산다

되도록 그들과 오래 함께 하고 싶다
내 생애의 고마운 반려들

중독

손에서 폰을 못 놓는다
완전히 폰에 사로잡힌 정신과 영혼
놓으면 큰 일 나는 줄 안다
세상 그 어떤 것보다 더 끈끈하다
항상 옆에 있거나 곁에 두고
수시로 매만지고 열어보고 다듬는다

절대로 떨어질 수 없는 연인
잠시도 떨어져서는 살 수 없는 님
없으면 불안증과 허전함에 어쩔 줄을 모른다
이젠 노예라 해도 무방할 지경을 넘어
현대판 하인이 확실하다

상전도 이런 상전이 없다
마치 분신처럼 깍듯이 모시고 산다
내 몸보다 더 애지중지 아끼고 보듬는다
세상이 요지경 된 지 이미 오래지만
갈수록 태산 점점 더 심한 요지경이 되어 간다

헛소리

미쳤어! 미쳤어! 미쳤어!
재미 삼아 해보는 소리지만
정말 세상은 미친 것처럼 보인다

돌았어! 돌았어! 돌았어!
그냥 한 번 해보는 소리지만
정말 이 세상 돌아도 완전히 돌았다

헛소리 나오는 게 정상이다
이런 세상 살려면
눈 가리고 아웅하는 꼴불견 세상이다

호사

방안이 적당히 밝다
적당히 어둡기도 해서
불을 켜기도 그렇고
안 켜기도 그렇다

가만히 있어도 좋다
홀로 있는 이 시간
이런 시간이 좋다
자기만의 시간 갖는 것

때는 추석 전날 아침나절
차분한 월요일 오전
불쑥 떠오른 시상 붙잡아
써보는 엉터리 시 한 수

알량한 삶

세상에서 이 한 세상을
아무 일도 안 하면서 산다는 것은
그보다 좋은 일도 없지만
그것보다 더 한심한 일도 없다

돈 한 푼 벌기가 얼마나 힘드는지
말도 안 되는 일까지 하면서
근근이 목숨 이어 간다
어쩔 수 없어 죽지 못해 사는 인생 많다

겨우 푼 돈 조금 받으며
열악한 환경과 조건 속에서
말 못할 고통을 참으면서 바둥바둥
하루하루 외줄타기 삶을 꾸려가는 숱한 사람들

일 안 하고 산다는 것은
무조건 세상에 빚지고 사는 일이다
그 괴로움 벗으려고
오늘도 겨우 알량한 시 하나 쓰고 있다

가을의 선물

풀풀 하늘하늘
나뭇잎이 떨어진다
떨어지는 모습이 짠하다

부는 바람 타고
아무런 미련 없이 춤추며 떨어진다
마치 한심한 세상 조롱하듯이

한 시절 잘 즐겼으니
아무런 염치도 한 점의 미련도 없으리라
스스로 택한 길에 후회도 없으리라

그러나 떨어진 낙엽이나
떠나보내고 남은 가지에게나
어찌 아쉬움과 서운함이 하나도 없으랴

한 몸 이루고 보낸 삶이었으나
언젠가는 이렇게 헤어져야 한다는 것을
이미 다 알고 있었을 것이다

때가 되면 반드시 떠나야 하고
갈라서야 함은
이 세상 불변의 진리

군말 없이 깨끗하게
지난 한 생을 정리하는 일
가을이 주는 가장 고마운 선물이다

가을심상

이 아침에 새로운 노래를 배운다
잘 모르던 노래를 익히는 일은 즐겁다
낯익은 가락과 가사가 가슴을 파고들었다

'애모' 라는 제목의 낯익은 노래였다
"꽃잎이 하나 둘 바람에 날리는 슬픈 계절 다시 오면 ―"
어쩐지 내 스타일의 노래라는 직감이 왔다

꽃잎이 진다고 슬픈 것도 아니고
바람에 낙엽이 진다고 가을이 슬픈 계절도 아니다
낙엽이 비 되어 떨어지는 모습은 아름답다

어릴 때 삐라가 하늘에서 저렇게 떨어졌었다
팔랑팔랑 반짝거리며 춤추듯이 허공을 떠돌아다녔지
그 삐라 주우러 이리 뛰고 저리 뛰며 몰려다니던 기억 새롭다

꽃잎이 지고 낙엽이 떨어지는 것도 다 사랑이다
더 큰 세계를 준비하는 깊은 사랑이다
아픔을 딛고 일어서야만 더 큰 성숙으로 갈 수 있다

옥수수

옥수수 삶는다
여름이 익는 냄새

옥수수 따는 일
여름이 즐거운 이유

옥수수 먹는 맛
여름이 주는 작은 선물

옥수수 먹는 재미
여름을 견디게 하는 큰 힘

옥수수 커가는 모습
가을을 부르는 푸른 신호

옥수수 여무는 일
계절을 재촉하는 소리

목장갑이 일하기 싫어 꼭꼭 숨었나 보다

마음먹고 숨은 놈을 어떻게 찾나

장갑 잃은 김에 나도 좀 쉬어야겠다

4부
휴식

너

확 뜨거워지지도 않고
지글지글 불타오르지도 않으며
언제나 은근하게 중불 같은 느낌으로
조금씩 조금씩 다가오는 너

들뜨지도 설레지도
차갑지도 않으면서 적당히 따스하게
조금은 더 가까워질 수 있을 것처럼 아스라이
그러나 언제나 그 자리에 있는 너

잡힐 듯이 잡힐 듯이
결코 멀리 달아나지도 않으면서
마음만 슬쩍 달구어 놓는
하수 같으면서도 고수 맛을 풍기는 너

언제 봐도 한결 같은 느낌
들뜨지 않고 차분해서 더 좋은 사람
쉽게 마음 열지 않아 늘 애간장만 녹이는데
얄밉지만 착해서 밉지 않은 너

동행

마누라 가는 길
외국은 안 따라 가도

이웃 동네 마트 간다면
기를 쓰고 기어이 따라 간다

여필종부(女必從夫) 아닌 남필종부(男必從婦)
세상이 바뀌었다

만사 OK

밥 다 먹었으니 배 든든하고

술 한 잔 곁들였으니 기분 좋고

가족과 함께 있으니 더없이 즐겁고

이만하면 만사 OK

나

기록에 약하고
정리정돈에도 약하며
돈 관리엔 가뜩이나 약하다

정에 약하고
눈물에도 약하며
돈 버는 일엔 아예 문외한이다

술에 너무 약해 슬프고
몸으로 때우는 일에도 취약하며
예쁜 여자에겐 가히 밥이나 마찬가지다

교정이 필요한 나

시에 교정이 필요하듯이
나도 교정되어야 한다

명품으로 치장했다고
사람이 명품일 수는 없다

주머니에 돈이 많은 사람은
멋에 집착하지 않는다

외모가 아무리 예뻐도
속이 예뻐야 진짜 미인이다

열 길 물속은 알아도
한 길 사람 속은 모르는 법

겉만 보고 속을 알 순 없다
나는 매일 교정을 필요로 한다

하루도 빠짐 없이

피와 살

시간 내어 카페에 오셨으면
차만 홀짝 마시고 갈 것이 아니라
작품도 읽고 가셔야지요
그래야 카페에 온 보람과 의미가 있습니다

귀한 시간 들여서 오신 것인데
이왕이면 멋진 작품들
즐겁게 감상하고 가셨으면 좋겠습니다

당연히 저희들 졸작보다야
명시 코너에 있는 유명작품들을 말하는 겁니다
읽어두시면 분명 피와 살이 될 것입니다

읽지 않으면 자기만 손해입니다

환갑

어느새 나이가 육십이 되었다
칠십도 금방 되겠지
팔십 구십 되는 일도 시간 문제
갈수록 속도가 빨라질 시간이 무섭다

남은 삶 잘 살아야 하는데
아무리 보잘 것 없는 삶일지라도

육십 되고 보니
늙었다는 생각 보다는
나이를 조금은 먹었다는 느낌
세월을 조금은 거슬러왔다는 아찔함

이제야 인생을 조금은 알 것 같은
세상에 대해 겨우 실눈 떠가는 것 같은 생각
산다는 것이 무엇인지 감이 잡히는 나이가 되었다

환갑이 싫지만은 않다
육십갑자를 한 바퀴 휘감아 돌아
원래 있던 제자리로 되돌아온 생소한 감회

인생 이렇게 다시 처음부터 시작이다

먹는 건 죄가 아니다

먹는 건 죄 없다
많이 먹어라
먹을 수 있을 때
원 없이 먹어라

살 좀 찐다고
무슨 죄가 되랴
먹는 건
죄가 아니다

먹고 싶은 것
맘껏 실컷 먹어라
길을 걸으면서
전철을 기다리면서

남 눈치 보지 말고
양껏 먹어라
먹고 싶은 걸 못 먹는 것
그게 바로 죄다

감사하며 살기

오른 팔 잠시 고장 나
왼팔 한 손으로 사는 게 이렇게 벅찬데
두 팔이 없다면 어떻게 사나

세상을 보고 느낄 수 있는
두 눈의 고마움
우리는 평소 까마득히 잊고 사네

삶을 이어가는 소소한 일도 때론
꼭 필요한 그 무엇 하나가 없거나 부족해서
뻐걱대며 제대로 이뤄지지 않느니

그대여 없는 것 탓하며 살기보단
부디 주어진 것에 감사하며 살아야 한다네
모든 것은 다 마음에 달려 있다네

스스로 만족하면 그게 바로 행복이라네

진실

세상에서 가장 중요한 건 진실

모든 것은 그 진실 위에서 이루어져야 한다

진실 되게 사는 것만이 올바른 삶이자

인간이 가야 할 길이다

휴식

방금 일하다 벗어놓은 목장갑이
통 보이지 않는다
정신머리가 없는 것이다

어디다 벗어 두었는지
도무지 생각이 나지 않는다
목장갑이 일하기 싫어 꼭꼭 숨었나 보다

마음먹고 숨은 놈을 어떻게 찾나
술래잡기하기에도 지쳤다
장갑 잃은 김에 나도 좀 쉬어야겠다

10분간 휴식!

3류 작가

책을 내도 팔리지 않고
글을 써도 읽히지 않는다

알아주는 이 없고
불러주는 곳도 없는

저 혼자 스스로
작가연하는 3류 작가

배고프고 외롭고
쓸쓸하고 낮은

그러나 마음은 더없이
자유롭고 편한 사람

스스로 작가인 것에
만족하며 행복한 사람

업보

전생에 지은 죄 너무 많아
개로 태어났는데
사람을 해치는 크나큰 업
또다시 저지르다니

다음 생엔 무슨
탈을 쓰고 태어날 꺼나
벗어날 길 없는
이 무서운 윤회의 업보여

배터리

인생에도 배터리 있다
배터리 떨어지면 가는 거다

충전도 할 수 없는 삶의 배터리
방전되고 나면 끝나는 삶의 배터리

내 삶의 베터리 잔량은
지금 현재 얼마쯤 남아있을까

남아 있는 귀한 베터리
뜻 있고 좋은 일에 쓰다 가야 할텐데

겨울 소리

뽀드득 뽀드득
눈 밟는 소리
오랜만에 들어보는
정다운 겨울소리
우리 집 마당이 주는
반가운 겨울선물

뽀드득 뽀드득
겨울이 웃는 소리
발밑에 깔리는
세월 부서지는 소리
아직 저만치 있는
봄을 깨우는 정겨운 소리

순간의 선택

그녀가 지닌 바느질 재봉질 솜씨
그 좋은 재주를 썩힌 건
크나큰 아쉬움이다

꼭 돈을 바라고 하는
이야기는 아니지만
아무리 생각해도 미련 남는다

꿩도 먹고 알도 먹는
일석이조 이상의 효과를 지닌
알토란같은 빼어난 솜씨

그 귀하고 실한 음덕을
발휘하지 못하고 묵혀 버렸다
그대로 사장시켜 버렸다

누구보다 멋지고 깔끔했던
모두가 인정했던 으뜸의 손맛과 재주
제대로 살려 보지도 못하고 그대로 잠가 버렸다

한 순간의 선택이 인생을 가른다

가장 무서운 것

세상에서 제일 무서운 건 뭘까?
돈 귀신 사람 법 사랑

나 어릴 땐 귀신이 젤 무서웠고
커가면서 사랑이 무서운 적도 있었지

중년이 되면서 돈이 젤 무서웠는데
지금 생각하니 젤 무서운 건 바로 법일세

사람을 위해 만들어진 법이
사람을 옭아매고 가두는 사슬이 되어

걸면 거는 대로 걸리네
법 앞에선 돈도 귀신도 사랑도 모두 밥

신춘문예

신춘문예 당선되기 하늘의 별따기라
시 같은 시를 쓰면 낙선이요
시 같지 않은 시를 써야 당선된다는데
감동이 있는 내용보다는 새로운 형식과
톡톡한 발상과 발전 가능성이 더욱 중요하다는데

알 수 없는 이야기를 길게 잡아 늘이고 키워서
일자 무식쟁이는 물론이요
일반 서민들은 한 눈에 이해하기 어렵고
전문가나 되어야 겨우 알아본다는데
감동은 눈을 씻고 봐도 없는 시가 무슨 시란 말인가
시란 놈은 원래 이렇게 어려워야 하는가

나라를 걱정하지 않는 것은 시가 아니요
삼백 수만 알면 사악함이 없다는데
이렇게 어려워서야 어디 시랑 대면이나 하겠는가
시를 쓰겠다는 마음부터 잘못이려니
아서라 꿈 깨라 배고프다

의미

반쪽이 되어서 반짝이는 게
무슨 의미 있겠는가

그러나 반쪽이 되어 반짝인다면
그것만으로도 큰 의미다

나대로

참새를 비웃을 필요도 없지만
대붕(大鵬)을 부러워할 필요 또한 없다

작으면 얼마나 작을 것이며
크면 또 얼마나 크겠는가 다 거기서 거기

작으면 작은대로 크면 큰대로
자기답게 맞춰 살면 되는 것 아닌가

참새면 어떻고 대붕이 아니면 또 어떤가
감히 대붕을 입에 담는 것만해도 죄스럽다

나는 오직 나만의 나니까
그저 그렇게 나대로 나답게 살면 되는 거다

Over a Wall
Poetry
33

인지생략

등이 가렵다

2021년 11월 03일 초판 1쇄 인쇄
2021년 11월 11일 초판 1쇄 펴냄

글 사진 | 강돈희
펴낸이 | 송계원
디자인 | 송동현 정선
제　작 | 민관홍 박동민 민수환
펴낸곳 | 도서출판 담장너머
등　록 | 2005년 1월 27일 제2-4102
주　소 | 11123 경기도 포천시 화현면 달인동로 89-1
전　화 | 031-533-7680, 010-8776-7660
팩　스 | 031-534-7681
이메일 | overawall@hanmail.net
카　페 | http://cafe.daum.net/overawall

ISBN 89-92392-60-0 03810
값 10,000원